캡틴과 푸른 A의 비밀

책 읽는 교실 24

캡틴과 푸른 A의 비밀

초판 1쇄 발행 • 2024년 11월 30일

글 • 고현경
그림 • 하니

펴낸곳 • 보랏빛소
펴낸이 • 김철원
책임편집 • 김이슬
디자인 • 진선미
마케팅·홍보 • 이운섭

출판신고 • 2014년 11월 26일 제2015-000327호
주소 • 서울특별시 마포구 양화로1길 29 2층
대표전화·팩시밀리 • 070-8668-8802 (F)02-323-8803
이메일 • boracow8800@gmail.com

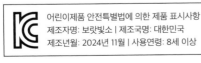
어린이제품 안전특별법에 의한 제품 표시사항
제조자명: 보랏빛소 | 제조국명: 대한민국
제조년월: 2024년 11월 | 사용연령: 8세 이상

캡틴과 푸른 A의 비밀

고현경 글 • 하니 그림

보랏빛소 어린이
Borabit Cow

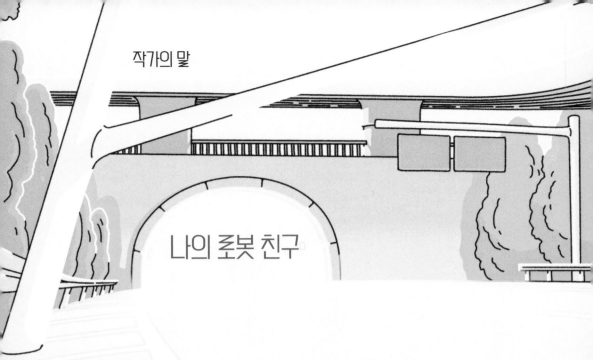

나의 로봇 친구

어렸을 적, 저는 미술 시간에 공상 과학(SF) 그림 그리기를 자주 했어요. 날아다니는 자동차, 움직이는 길, 벽에 붙어 있는 텔레비전, 집안일을 해 주는 로봇이 단골 소재였죠. 그때만 해도 정말 현실이 될 거라고 믿는 친구는 별로 없었어요. 지금은 모든 게 평범한 일상이 됐지만요.

가까운 미래에는 책 속의 캡틴과 같은 다양한 AI 로봇이 우리와 함께 살아갈 거예요. 제가 어릴 때 그린 공상 과학 그림이 현실이 된 것처럼요. 인간과 AI 로봇의 싸움을 다룬 영화를 보며 '저것도 진짜 현실이 되는 건 아니겠지.' 하는 걱정을 하다가 이 책을 쓰게 됐어요.

처음 주인공 민호에게 캡틴은 그저 '나의 로봇 개'였어요. 하지만 함께 사건을 해결하고, 추억을 하나씩 하나씩 쌓으면서 '지켜 주고

싶은 친구'가 되었어요.

만약 여러분 앞에 캡틴이 있다면 어떻게 하고 싶나요?

민호처럼 친구가 되고 싶나요? 아니면 김 박사처럼 물건으로 취급하고 싶나요?

잠깐, 바로 답하지 말고 《캡틴과 푸른 A의 비밀》을 읽으며 천천히 생각해 봐요.

여러분의 마음속에 있는 답이 미래를 바꾸어 놓을 테니까요.

2024년 초겨울

고현경

차례

다시 만난 캡틴

"엄마, 스마트워치 이상 없죠? 풋."

참고 있던 웃음이 나도 모르게 입술 사이로 터져 나왔다.

"흠흠, 그럼 괜찮지."

엄마가 슬그머니 눈을 피하며 대답했다. 엄마의 스마트워치는 냉동실의 꽝꽝 언 떡과 아이스크림 사이에 끼어 몸을 부르르 떨고 있었다.

고성능 감각 시스템을 가진 AI 개 캡틴이 아니었다면 절대로 찾지 못했을 거다. 캡틴 머리를 쓰다듬자, 내 허벅지 위에 머리를 올리고는 솜방망이 같은 꼬리를 살랑살랑 흔들었다. 로봇 몸체에 씌워진 부드러운 털이 손가락 사이를 간지럽혔다.

"엄마, 오늘은 산책해도 되죠? 캡틴 완전히 적응했어요."

"오늘이 전원 켠 지 며칠째더라."

엄마가 소파에 앉으며 팔짱을 꼈다. 뭔가 고민이 있을 때마다 하는 행동이다.

"캡틴, 잘 할 수 있지?"

혹시나 엄마가 안 된다고 할까 봐 얼른 말을 걸었다. 그러자 캡틴이 걱정 말라는 듯 제자리에서 빙그르 한 바퀴 돌더니 꼬리를 힘차게 흔들었다. 나는 뭔가 뿌듯한 기분에 코밑을 손가락으로 쓱 문질렀다.

"짜식, 이제 가르칠

게 없네.”

“민호야, 누가 들으면 네가 다 한 줄 알겠어.”

엄마가 어이없다는 듯 날 쳐다봤다.

“당연하죠! 그렇지, 캡틴?”

“멍멍.”

캡틴이 내 마음을 읽기라도 한 것처럼 씩씩하게 대답했다.

“거봐요. 캡틴도 맞다잖아요.”

내 어깨가 한껏 올라갔다. 세퍼드 외형의 덩치 큰 캡틴이지만, 내겐 어린 강아지와 다를 바 없었다.

엄마가 현관문까지 따라오며 나와 캡틴을 번갈아 쳐다봤다.

“무슨 일 생기면 바로 연락하고.”

“네, 알았어요. 가자! 캡틴.”

문이 미끄러지듯 소리 없이 열렸다. 캡틴과 함께하는 첫 산책은 어떨지 벌써 마음이 설렜다.

엘리베이터는 우리를 오십 층에서 일 층까지 순식간에 데려다줬다.

“안녕히 다녀오세요.”

아파트 공동 현관문이 사는 사람을 인식해 자동으로 문을

열어 줬다. 저 멀리 도로에서 바퀴 없는 자동차들이 빠르게 지나가는 게 보였다.

"저건 자동차야. 우리 아빠가 아주 어렸을 때는 자동차가 기름으로 달리고 바퀴로 굴러다녔대. 상상이 안 가지? 히히. 그리고 저기 보이는 저건 말이지……."

보이는 것들을 캡틴에게 하나하나 설명해 줬다. AI 로봇은 인공지능 딥러닝 프로그램이 탑재되어 있어 보고 듣는 것만으로도 스스로 학습해 행동할 수 있다.

"그래. 이렇게 하나씩 다시 하면 되는 거야."

사실 진짜 캡틴은 몇 달 전에 죽었다. 나는 형제 같은 캡틴이 죽자 깊은 슬픔에 빠져 아무것도 할 수가 없었다. 부모님은 그런 나를 위해 캡틴과 똑같은 모습의 AI 개를 주문 제작해 주었다. 이마에서 파랗게 빛나는 A 글자만 없다면 살아 있는 캡틴이라고 해도 믿을 정도로 똑같았다.

돼지 코 야옹이

산책 첫날이니 아파트 단지부터 돌기로 했다. 여기저기 돌다 보니 가장 구석진 쓰레기 분리실까지 왔다.

"킁킁."

캡틴이 냄새 맡는 시늉을 했다. 살아 있을 때의 캡틴 영상을 보여 줬더니 행동을 학습한 모양이다.

"왜? 뭐 있어?"

캡틴이 차들이 드나드는 커다란 중앙 출구가 아닌 지하로 통하는 비상문 쪽을 보며 계속 냄새를 맡았다. 좀 더 가까이

13

가자 '관계자 외 출입 금지' 팻말이 보였다. 늘 꾹 닫혀 있던 비상문이 반쯤 열려 있었다. 괜스레 호기심이 생겼다. 고개를 쑥 빼고 안을 살폈다.

그때 어두컴컴한 어둠 속에서 노란색 줄무늬 고양이가 툭 튀어나와 내 품으로 뛰어들었다.

"헉, 깜짝이야."

이마에 파란 A 글자가 있는 것을 보니 AI 고양이다. 고양이가 파들파들 떨며 내 품으로 파고들었다.

놀란 것도 잠시, 떨고 있는 고양이가 안쓰러워 꼭 안아 줬다. 주인을 잃어버린 것 같아 고개를 쑥 빼고 사방을 둘러봤지만 아무도 없었다. 열린 문 안쪽을 살피려는데 문이 스르륵 닫히기 시작했다.

"여기 고양이 주인 계세요?"

혹시 있을지 모를 주인을 목청껏 부르며 닫히는 문 사이에 손을 넣었다. 손을 가져다 대면 당연히 다시 열릴 줄 알았다. 그런데 센서가 고장 난 건지 없는 건지 문이 그대로 닫히고 있었다.

"어어."

당황하는 사이, 캡틴이 용수철처럼 뛰어올라 닫히는 문을
몸으로 막아 세웠다. 문에서 삐거덕 소리가 났다.

"멍멍!"

정신을 차리고 얼른 손을 뺐다.

"너도 얼른 나와!"

캡틴이 빠져나오자마자 쿵 소리를 내며 문이 닫혔다.

반려동물용 AI 로봇은 다른 로봇에 비해 힘이 세지 않다.
야옹이를 서둘러 바닥에 내려놓고는 캡틴부터 살폈다. 머리
부터 몸통, 꼬리까지 쭉 확인했다.

"괜찮아? 나 때문에 미안해."

문을 막아섰던 옆구리를 찬찬히 다시 만져 봤다. 캡틴이
걱정하지 말라는 듯 내 얼굴을 핥았다. 다행히 찢기거나 부
서진 곳은 없는 것 같았다.

"영화 속 주인공 같았어."

캡틴 이마에 있는 A 글자가 오늘따라 더 빛나 보였다.

"야옹."

조용히 있던 고양이가 다시 울었다.

"후유, 너 때문에 우리 캡틴이 큰일 날 뻔했잖아. 야옹아,

집이 어디야? 네 주인은 어디 갔어?"

　야옹이한테 툴툴거리면서도 다시 안아 줬다. 아까보다는 덜하지만 여전히 떨고 있는 모습에 그냥 둘 수가 없었다. 캡틴이 야옹이에게 다가와 킁킁거렸다.

　"그런데 너 좀 이상하다."

　분명 고양이는 고양이인데 보면 볼수록 이상했다. 꼬질꼬질한 털이 문제가 아니었다.

　"고양이 코는 세모 아닌가? 꼬리털은 어디 갔지?"

야옹이의 코는 돼지 코처럼 동글동글 뭉툭했고, 꼬리는 털 하나 없이 매끄럽고 길쭉했다. 꼭 쥐꼬리처럼.

"너 고양이 아니니? 내가 모르는 희귀 동물인가? 신기하다."

처음 보는 모습에 어리둥절했다. 이리저리 고개를 돌려 가며 살폈다.

야옹이가 갑자기 귀를 쫑긋 세웠다. 등 털까지 빠짝 세웠다.

"어? 왜 그래?"

"끼야아아오옹!"

잔뜩 경계하며 울음소리를 내던 야옹이가 품에서 뛰어내려 후다닥 아파트 정원수 사이로 도망쳤다. 그 바람에 야옹이를 안고 있던 팔뚝에 기다란 상처가 남았다. 피는 나지 않았지만 금세 빨갛게 부어올랐다. AI 동물은 발톱도 말랑한 소재로 만드는데 이상했다.

"야옹아, 어디 가!"

큰 소리로 불렀지만 어느새 보이지 않았다.

"주인도 잃어버렸으면서 어쩌려고."

긁힌 팔이 아팠지만 야옹이가 사라지자 걱정부터 됐다.

그때 등 뒤에서 스르르 비상문이 다시 열렸다.

김 박사님을 만나다

돌아보자 안경을 쓴 아저씨가 서 있었다. 갑자기 나타난 낯선 사람 때문인지 캡틴이 두 귀를 바짝 세웠다. 아저씨가 밖으로 나오자 비상문이 다시 닫혔다.

"안녕. 멋진 AI 개구나. 요즘에 이렇게 큰 AI 반려동물은 별로 없는데. 좀 봐도 될까?"

아저씨가 가까이 다가오며 캡틴을 뚫어져라 쳐다봤다.

나는 긁힌 팔로 목줄을 당겨 캡틴을 내 옆으로 붙였다.

"크르르릉."

캡틴이 경계하며 낮게 목을 울렸다. 긴장한 내 상태를 느끼고 보인 행동이었다.

"난 나쁜 사람이 아니란다."

아저씨가 두 손을 들어 보이며 한 발 물러섰다. 서글서글하게 웃는 얼굴이 부드러워 보였다.

"나는 토이 월드에서 AI 동물을 연구하는 과학자야."

"과학자요?"

토이 월드는 AI 동물을 만드는 세계적인 기업이다. 캡틴도 토이 월드에서 만들었다.

아저씨가 내 얼굴을 살피더니, 활짝 웃으며 다시 다가왔다. 손목에 찬 스마트워치를 몇 번 두드리자 공중에 화면이 떴다. 화면에는 아저씨의 얼굴 사진과 토이 월드 소속 과학자라는 소개가 있었다. '김현'이라는 이름 뒤에 붙은 박사라는 글자 때문인지 경계와 의심이 사라지고 조금 대단하게 보였다.

김 박사님이 거리를 두고 캡틴 앞에 한쪽 무릎을 굽히고 앉았다. 캡틴이 나를 올려다봤다. 내가 고개를 가볍게 끄덕이자 금세 얌전해졌다.

"언제 구입했니? 고장 나거나 힘든 일은 없고? 민트향을 추가했구나."

김 박사님이 이리저리 고개를 돌려 가며 캡틴을 살폈다.

AI 동물은 말하기나 청소하기 같은 기능부터 생활에 필요한 각종 프로그램까지 다양하게 선택할 수 있다.

하지만 그런 기능을 가진 캡틴이라니, 상상도 하고 싶지 않았다. 전부 빼 버리고, 딱 하나 냄새 기능만 넣었는데, 그걸 바로 알아봤다. 역시 박사님이라 다르다는 생각이 들었다.

"어떻게 아셨어요?"

"민트향이 나서 민트향이라고 말한 것뿐이란다. 하하하."

김 박사님이 굽혔던 무릎을 펴며 웃었다. 냄새만 맡으면 누구나 알 수 있는 사실인데. 긴장된 분위기가 한순간에 탁 풀렸다. 바보같이 군 것 같아 창피하기까지 했다. 서둘러 말을 돌렸다.

"흠흠, 근데 우리 캡틴처럼 큰 AI 개가 별로 없어요?"

"그렇단다. 사람들이 작고 귀여운 동물을 더 좋아하니까. 토이 월드도 잘 팔리는 작은 AI 동물 위주로 만들거든."

"이렇게 멋진데도요?"

"그러게나 말이다. 일반적인 형태 말고 새롭고 신기한 기능이나 생김새를 추가하면 사람들도 좋아해 줄 텐데 말이지. 이런, 내가 쓸데없는 말을 했구나. 혹시나 앞으로 고장 나거나 힘든 일 생기면 연락하렴."

김 박사님 얼굴이 순간 어두워졌다가 밝아졌다.

"정말 그래도 돼요?"

"같은 동네 주민인데 그 정도는 해 줄 수 있지. 회사에 접수하는 것보다도 빠를걸."

김 박사님이 한쪽 눈을 찡긋했다.

무슨 뜻인지는 모르겠지만, 든든한 지원군이 생긴 것 같아 기분이 좋았다. 스마트워치에 김 박사님이 알려 준 번호와 이름을 저장했다.

김 박사님은 다음에 또 보자며 손을 흔들고는 야옹이가 사라진 쪽으로 빠르게 걸어갔다. 반대쪽 손에는 텅 빈 동물 이동장이 달랑거렸다.

"그나저나 여기서 뭘 하고 계셨던 거지?"

그제야 이상한 생각이 들었지만 김 박사님은 벌써 보이지 않았다.

길에서 만난 쭈이

그날 이후, 캡틴과의 산책은 빼먹을 수 없는 일과가 됐다.

"오늘은 강아지 공원까지 갔다 오자."

아파트 근처에 개 전용 공원이 있다. 캡틴도 친구들을 보면 좋아할 것 같아 발걸음마저 가벼워졌다.

공원에는 여러 마리의 개들이 신나게 뛰어다니고 있었다. 주인이 던진 원반을 받아 내는 모습은 부럽기까지 했다.

"얼른 들어가자."

삐!

뛰다시피 공원으로 들어가는데 시끄러운 경고음이 들렸다.

"이곳은 AI 개 출입 금지입니다. 입장하실 수 없습니다."

곧이어 안내 방송까지 나왔다.

"뭐야, 왜 안 된다는 거야."

계속 울리는 경고음에 귀가 아팠다. 뒷걸음질 치자 그제야 경고음이 멈췄다.

관리인 아저씨가 강아지 그림이 그려진 관리실 창문에서 얼굴만 내밀고 말했다.

"여기는 진짜 개 전용 공원이란다."

"네?"

"AI 개는 출입 금지란 소리지."

아저씨가 턱짓으로 캡틴을 가리켰다. 아저씨 모자에 달린 강아지 귀가 턱짓에 달랑달랑 흔들렸다. 공원 안에 있던 사람들이 수군거리며 우리를 힐끔힐끔 쳐다봤다.

"그런 게 어딨어요. 개면 다 똑같은 개지."

"너는 AI 개 주인이면서 그런 것도 모르니? 인공 냄새 때문이잖아. AI 개의 인공 냄새가 진짜 개들을 얼마나 혼란스럽게 하는데. 아무튼 출입 금지니까 얼른 돌아가라. 쯧."

아저씨가 혀를 한 번 차고는 안으로 쏙 들어가 버렸다.

닫힌 창문을 계속 쳐다봤지만, 다시 열리지 않았다. 예전처럼 공원에서 캡틴과 함께 신나게 뛰어놀 수 있을 거라고 생각했는데, 지금은 안 된다니.

"여기 말고도 갈 데 많거든요!"

괜스레 화가 나 소리치고는 후다닥 뛰었다. 분이 가라앉지 않아 그 뒤로도 계속 씩씩거렸다. 문득 손에서 간질거리는 느낌이 났다. 쳐다보니 캡틴이 내 손을 핥고 있었다. 정신이 번쩍 들었다.

"미안해. 좀 더 알아보고 올 걸 그랬어."

캡틴이 더 기분 나빠 할 상황인데, 오히려 날 위로하는 것 같았다.

"난 민트향이 세상에서 제일 좋아."

내가 싱긋 웃자 캡틴의 맑은 눈도 따라 웃는 것처럼 보였다. 손에서는 기분 좋은 민트향이 났지만, 마음은 그러지 못했다.

공원 대신 큰 길가를 따라 산책했다. 맞은편에서 같은 반 친구 기욱이가 걸어왔다. 커다란 덩치의 기욱이는 흰색 털을 가진 작은 AI 개를 품에 안고 있었다. 꼭 아기 품은 엄마

모습이었다. 곰 발바닥 같은 손으로 가만가만 작은 개를 쓰
다듬는 손길이 웃겼다.

나는 기욱이 앞에 서며 아는 척을 했다.

"이기욱, 어디 가냐?"

기욱이가 화들짝 놀라며 어깨를 움찔했다.

"깜짝이야!"

"헤헤, 놀랐어? 미안. 네가 AI 개를 안고 있는 게 반가워서.
얘는 우리 캡틴이야."

내가 캡틴의 머리를 쓰다듬으며 활짝 웃자 기욱이가 내 손
길을 따라 고개를 내렸다.

　"와, 엄청나게 크다. 루이야, 그렇지?"

　기욱이는 크기라도 재는지 캡틴과 루이를 번갈아 쳐다봤다.

　캡틴이 킁킁 냄새를 맡으며 루이에게 다가갔다.

　"왜, 왜 이래. 저리 가!"

　기욱이가 당황해 뒷걸음질 치다 뒤로 벌러덩 넘어졌다.

　"멍멍!"

루이도 사납게 짖기 시작했다.

"캡틴, 이리 와."

캡틴이 넘어진 기욱이를 쳐다보며 고개를 갸웃했다. 한껏 치켜세웠던 꼬리를 축 늘어뜨리며 내 뒤로 가 얌전히 앉았다.

"괜찮아? 우리 캡틴이 호기심이 많거든. 놀랐다면 미안."

나는 사과하며 손을 내밀었다.

"루이, 무서웠지?"

기욱이가 내 손을 잡고 일어서며 품 안의 루이부터 살폈다. 자기가 더 놀랐으면서 루이 핑계를 대는 모습이 조금 웃겼다.

"뭘 놀라고 그러냐."

"커다란 게 갑자기 다가오니까 그렇지."

"그럼 덩치 큰 네가 다가오면 나도 놀라야겠다?"

내가 두 눈을 동그랗게 뜨고, 두 팔을 들어 올리며 놀라는 시늉을 했다.

"내가 개랑 같냐?"

기욱이가 눈을 세모꼴로 뜨며 나를 노려봤다.

"말이 그렇다는 거지. 히히. 학교에서 보자. 안녕."

내가 손을 흔들었다.

집에 돌아와 캡틴의 발을 닦아 주는데 안방 문이 열렸다.

"왕민호, 밖에서 무슨 일 있었어?"

문이 다 열리기도 전에 엄마가 급하게 나오며 물었다.

"네? 아무 일 없었는데요."

"정말이야? 토이 월드에서 방금 연락이 왔는데. 캡틴이 사람을 위협했다는 신고가 접수됐대."

"네? 뭘 해요?"

"위협! 정말 아무 일 없었어?"

엄마의 눈썹 사이에 주름까지 생겼다. 나도 엄마랑 똑같은 주름을 만들며 대답했다.

"아무 일 없었어요. 신고가 잘못된 거 아닐까요?"

"그런 거라면 다행인데. 내일 토이 월드로 조사받으러 오래."

엄마가 걱정스러운 표정으로 나와 캡틴을 번갈아 쳐다봤다.

조사실에 간 캡틴

"어? 기욱이잖아!"

내 목소리가 아무 장식 없는 네모난 조사실에 울려 퍼졌다.

홀로그램 화면 속 기욱이가 벌러덩 넘어졌다. 기욱이의 겁먹은 얼굴이 화면을 가득 채웠다. 짧은 영상이 순식간에 끝났다. 누군가 이 영상을 제보하며 신고했다고 한다.

"피해자를 알고 있군요?"

토이 월드 조사원이 터치스크린을 열심히 두드렸다.

"피해자라뇨. 산책하다 만난 같은 반 친구예요. 우리 캡틴은 아무 짓도 안 했어요. 그냥 루이에게 다가간 것뿐이라고요."

나는 답답한 마음에 벌떡 일어났다.

"앉아서 차분하게 말씀드려."

옆에 있던 엄마가 내 어깨에 손을 얹었다.

"기욱이가 신고했어요?"

분한 마음에 팔다리에 힘이 들어갔다.

조사원이 쓰고 있던 안경을 손가락으로 추어올렸다.

"신고자는 말해 줄 수 없어요. 이제 캡틴이 찍은 영상을 확인해 볼게요."

"네? 우리 캡틴이 영상도 찍을 수 있어요? 진짜요?"

처음 들어 보는 소리에 귀가 번쩍 뜨였다.

"모든 AI 동물에는 블랙박스가 장착돼 있습니다. 그곳에 여러 가지 정보가 저장되죠."

조사원은 그 외에도 여러 가지 알아 두어야 할 것이 많으니 설명서를 꼼꼼히 읽어 보라고 친절하게 덧붙였다.

나는 설명서를 전부 건너뛰고 〈간편 사용 설명서〉만 봤다. 솔직히 엄청나게 긴 설명서라 볼 엄두도 나지 않았다. 이건 내 잘못이 아니다. 쓸데없이 길게 만든 탓이지.

괜히 무안한 마음에 캡틴 머리를 쓰다듬었다. 캡틴은 조사실에 들어올 때부터 기가 죽어 꼬리를 말고 엎드려 있다가 내 손길에 그제야 고개를 들었다. 캡틴에 대해서는 다 안다고 생각했는데, 정작 필요한 건 하나도 모르는 것 같아 미안한 마음이 들었다.

그사이 캡틴이 촬영한 영상이 소리와 함께 재생됐다.

"음, 피해자에게 위협을 준 것처럼 보이지는 않네요."

"거봐요. 우리 캡틴은 아무 짓도 안 했다니까요."

조사원의 말에 나는 보란 듯 어깨를 폈다. 옆에 있던 엄마가 크게 숨을 내쉬는 소리가 들렸다.

조사원이 엄마와 나를 차례로 쳐다봤다.

"AI 동물의 첫 번째 원칙은 사람을 위험에 처하게 하면 안 된다는 것입니다. 이를 어기면 바로 폐기 처분이죠. 특히 대형 모델은 지금처럼 오해받기 쉬우니 세심한 관리가 필요합니다. 주문 제작이기는 하지만, 산 지 얼마 안 되셨으니 소형 모델로 교환해 드릴 수도 있습니다."

"교환이요? 안 해요! 절대 안 해요!"

나도 모르게 버럭 소리치며 의자에서 일어났다.

"네네. 알겠습니다. 고객의 만족을 최우선으로 하는 저희 토이 월드의 기업 정신에서 드린 말씀이니 오해는 하지 마세요. 절차상 피해자 조사도 해야 합니다. 결과 통지까지는 며칠 걸릴 겁니다. 협조 감사드리고요. 오늘 조사받으시느라 수고하셨습니다."

조사원이 친절하게 문 앞까지 배웅하며 한 번 더 인사했다.

조사실 밖 복도에는 오후의 햇살이 유리창을 통해 쏟아지고 있었다. 기분 탓인지 햇살 탓인지 몰라도 얼굴이 다시 구겨졌다.

"폐기 처분? 교환? 말씀 참 쉽게 하시네. 맞다! 김 박사님께 연락해 볼걸. 왜 그 생각을 못 했지."

손바닥으로 이마를 탁 쳤다. 놀 때는 팽팽 돌아가는 머리가 중요한 순간에는 꼭 이런다.

"누구? 김 박사님이 누군데?"

엄마의 물음에 며칠 전 있었던 일을 간단히 설명했다. 집으로 돌아오는 차 안에서 김 박사님에게 몇 번이나 연락했지만, 연결이 되지 않았다.

"곤란한 일 생기면 연락하라라더니 받지도 않으시고 뭐야. 이기욱, 우리 캡틴을 신고했겠다. 내일 학교에서 두고 보자."

나는 스마트워치를 종료시키며 뿌드득 이를 갈았다. 잔뜩 기대했는데 연결이 되지 않아 더 심통이 났다.

"뭘 두고 봐. 신고자가 네 친구가 아닐 수도 있잖아."

"틀림없어요. 아니면 누구겠어요!"

콧구멍에서 더운 김이 뿜어져 나왔다.

다음 날, 나는 아침 일찍 학교에 갔다. 교실 문이 열리자마자 기욱이부터 찾았다. 기욱이는 창가 자리에서 태블릿을 보고 있었다.

"이기욱! 네가 신고했지!"

내 목소리가 교실에 쩌렁쩌렁 울렸다.

오해

쿵쿵거리며 기욱이에게 다가갔다. 허리에 손을 걸치며 소리쳤다.

"혼자 넘어져 놓고 신고? 우리 캡틴이 뭘 했다고!"

"무, 무슨 소리야?"

단춧구멍 같던 기욱이의 눈이 동전만 하게 커졌다. 일찍 와 있던 아이들이 호기심 가득한 눈으로 우리를 쳐다봤다. 무슨 말인지 모르겠다는 듯, 어리둥절한 기욱이의 표정에 더 화가 났다.

"네가 넘어지는 부분만 편집해서 우리 캡틴 신고했잖아!"

"무슨 말 하는지 진짜 모르겠어. 신고라니?"

"거짓말하지 마! 너 아니면 누가 그 일을 알겠어!"

있는 힘껏 기욱이를 째려봤다. 마음 같아서는 눈에서 레이저라도 발사해 혼내 주고 싶었다.

"아니, 아니야. 난 신고한 적 없어!"

기욱이의 눈에 물이 차올랐다. 세상 억울한 표정이 거짓말 같지 않았다. 그러고 보니 찍힌 영상도 루이의 시점이 아니었다. 꼭 다른 누군가가 몰래 숨어서 우리를 촬영한 듯한 영상이었다.

"진짜야?"

멈춰 있던 머리가 천천히 돌아갔다. 콧구멍으로 뿜어져 나오던 더운 바람도 조금씩 식어 갔다.

"정말 아니야. 믿어 줘."

기욱이가 작지만 단호하게 말했다.

나는 어제 토이 월드에서 있었던 일을 차근차근 설명했다. 찍힌 영상의 각도까지 말하고 보니 확실히 신고자는 기욱이가 아닌 것 같았다.

"화내서 미안하다. 난 네가 신고한 줄 알았어."

"괜찮아. 나라도 화났을 거야. 그런데 누가 찍은 걸까? 혹시 내가 모르는 내 팬이 있나? 내가 걱정돼서 신고한 거 아닐까?"

기욱이의 진지한 표정에 농담은 하나도 없어 보였다. 내 입이 삐뚜름하게 올라갔다.

"너도 참 능력자다. 미안했던 마음이 싹 사라지게 하는 능력자."

기욱이가 피식 웃었다. 나도 덩달아 웃음이 났다. 마음 한구석 남아 있던 미안함이 웃음과 함께 날아갔다.

"토이 월드에서 신고자는 말해 줄 수 없대. 알기만 하면 내가 가만 안 둘 텐데."

"쫓아가서 지금처럼 소리라도 지르게?"

"그럼. 잘못한 것도 없는데, 신고한 대가를 치러야지. 그냥 아주, 확, 막! 아우, 그냥, 막!"

나는 헐크처럼 험악한 표정을 짓고는 불끈 쥔 주먹을 이리저리 휘둘렀다.

"하하하. 그래. 범인 찾으면 꼭 그렇게 해 줘라."

    기욱이가 배를 잡고 웃었다. 시원한 웃음소리가 교실을 채
웠다. 재미있는 구경거리 보듯 쳐다보던 아이들도 별일이
없자 각자 할 일을 했다.
    한참 휘두르던 주먹을 힘없이 툭 떨궜다.
    "피해자 조사도 한다더라. 그때 우리 캡틴 말 좀 잘해 주
라."
    "알았어. 있는 사실 그대로 말할게. 캡틴이 공격하거나 위
협한 게 아니라고, 내가 혼자 넘어진 거라고."
    기욱이가 미소 지으며 말했다. 그 모습에 마음
이 놓였다.
    "그런데 뭘 보고 있었던 거야?"

나는 자연스럽게 기욱이 옆에 앉았다. 일찍 온 덕분에 수업 시작까지는 여유가 있었다.

"요즘 루이 때문에 AI 동물 영상 찾아보고 있거든. 근데 이것 봐 봐. 버려진 AI 동물을 구조하는 분의 영상이야."

기욱이가 태블릿으로 너튜브 영상을 공중에 띄웠다. 그런데 영상 속에 등장한 것은 바로 김 박사님이었다. 박사님은 버려진 AI 동물을 이동장에 옮기며 카메라를 피하고 있었다.

"어? 김 박사님이다!"

나는 화면에 얼굴을 바싹 붙이며 소리쳤다.

"이분 알아?"

"응. 캡틴이랑 산책하다 만난 적 있어. 캡틴한테 무슨 일 생기면 연락하라고 연락처도 주셨는걸."

"진짜? 와, 좋겠다. 나도 소개해 주면 안 돼?"

기욱이가 진심 부러운 표정으로 눈을 반짝였다.

사실 어제 집에 돌아와서도 김 박사님에게 계속 연락했었다. 하지만 연결되지 않았다. 기욱이가 김 박사님에 대해 더 물어볼까 봐 화면에 얼굴을 좀 더 바싹 갖다 대며 말을 돌렸다.

"으응, 그래. 담에 연락할 일 생기면 여쭤볼게. 근데 이건 누가 올린 거야?"

"우연히 본 사람들이 찍어서 올린 거야. 이분 '수호천사'라는 별명까지 붙어 있어. 그런데도 절대 자신을 드러내지 않아. 인터뷰도 매번 거절한대. 진짜 멋지지?"

카메라를 피해 AI 동물을 살뜰히 구조하는 모습이 인상 깊었다.

학교가 끝나고 집에 돌아와 김 박사님 영상을 더 찾아봤다. 어젯밤에도 AI 동물을 구조하느라 바빴을 거란 생각이 들었다. 일부러 내 연락을 안 받는 줄 알고 화까지 났었는데. 오해한 것 같아 김 박사님께 미안한 마음마저 들었다.

"캡틴, 김 박사님 기억나? 야옹이 만났던 날."

나는 캡틴의 털을 부드럽게 빗질하며 물었다. 진짜 개처럼 털이 빠지지는 않지만, 관리는 필수라고 했다. 토이 월드에 다녀온 후 설명서를 다시 꼼꼼히 읽으면서 알게 된 것 중 하나다.

"나도 나중에 김 박사님처럼 AI 동물을 구조하고, 연구하는 박사가 될 거야. 아, 그런데 박사는 공부 많이 해야 하잖아! 고치는 건 관두고 구조만 하자. 크크, 너랑 나랑 한 팀이 돼서 AI 동물을 구조하는 거야. 어때? 멋지지? 다음에 AI 동물 구조할 때 우리도 데려가 달라고 해 보자."

생각이 정리되자 빨리 김 박사님께 말하고 싶어졌다. 입술을 잘근잘근 씹으며 스마트워치를 만지작거렸다. 혹시나 지금도 AI 동물 구조 중이지 않을까 싶어 연락하는 게 망설여졌다. 캡틴이 나를 빤히 보더니 내 볼을 삭삭 핥았다. 약간 거칠면서도 부드러운 묘한 느낌이다. 내 얼굴 가득 민트향이 폴폴 풍겼다.

"흐흐, 간지러워."

스마트워치를 책상에 올려 두고는 캡틴과 한참을 뒹굴며 놀았다. 보들보들한 털이 마치 구름처럼 기분 좋았다.

어둠 속의
푸른 A

엄마는 조사 결과가 나올 때까지 산책하지 말라고 했다. 혹시나 또 무슨 일이 생기면 안 좋을 것 같다는 게 이유였다.

캡틴은 집 안에만 있어도 잘 지냈다. 하지만 현관문 앞에 웅크리고 누워 있는 시간도 많았다. 나도 학교 가는 것 빼고는 밖에 나가지 않았다. 혼자만 나가 노는 건 캡틴을 배신하는 기분이 들었기 때문이다.

집에 있는 동안 김 박사님 영상을 자주 찾아봤다. 구조되는 AI 동물들은 종류도, 장소도 다양했다. 그중 이상하다고 생각된 건 한적한 휴양지에서 찍힌 영상이었다. 그런 곳에서 발견된다는 것이 이해되지 않았다.

캡틴의 조사 결과는 일주일이나 지나서 나왔다. 조사 결과 사람에게 위협적인 행동을 했다고 보기 어려우므로 신고를 취소한다는 것이었다.

나는 거실 한가운데에 둥둥 떠 있는 결과 통지문을 한 번 더 째려보고는 홀로그램기를 종료시켰다.

"엄마, 우리 이제 산책해도 되는 거죠?"

나는 큰 소리로 당당하게 말했다.

"며칠째 집에만 있느라 힘들었지? 음, 보상이라고 하기는 뭣하지만, 하고 싶은 거나 먹고 싶은 거 있니?"

엄마가 미안한 표정으로 캡틴의 머리를 쓰다듬었다.

"정말요? 그럼, 여행 가요. 캡틴이랑 같이!"

"마침 이번 주말에 아빠도 쉬시니 그러자꾸나."

엄마의 말에 나는 껑충껑충 뛰며 거실을 뱅글뱅글 돌았다. 가만히 눈치만 보던 캡틴도 나를 따라 신나게 뛰었다. 갑자기 벌어진 술래잡기에 온 집 안이 쿵쾅거렸다. 시끄럽다고 잔소리하던 엄마도 오늘만큼은 웃기만 했다.

늦은 토요일 오후, 온 가족이 바다로 출발했다.

해는 벌써 서쪽으로 기울었지만, 하늘은 더없이 맑고 높았다. 구름 한 점 없는 하늘과 달리 내 얼굴에는 먹구름이 잔뜩 끼어 있었다.

"아빠가 늦잠 자는 바람에 늦게 출발했잖아요."

"아들아, 반백 년 가까이 산 아빠가 쉴 수 있는 주말이면 하고 싶은 일이 딱 세 가지가 있단다. 첫째, 일어나고 싶을 때 일어나기. 둘째, 눈뜨고 싶을 때 눈뜨기. 셋째, 잠자고 싶은 만큼 잠자기. 알겠냐?"

아빠는 자율 주행 중인 자동차의 운전석을 뒤로 젖히며 느긋하게 말했다.

"그게 뭐예요. 결국 다 같은 말이잖아요?"

말도 안 되는 아빠의 말에 나는 어이가 없었다. 조수석에 앉아 듣고 있던 엄마도 바람 빠지는 소리를 내며 아빠를 쳐다봤다.

"이왕 늦은 거 그만 툴툴거리고 창밖 좀 봐라, 날씨 진짜 좋지 않냐?"

아빠가 음악 소리를 높이며 노래를 따라 부르기 시작했다.

경찰인 아빠가 범인을 잡기 위해 날마다 쉴 틈 없이 뛰어다니는 것은 알고 있다. 그래서 쉬는 날이면 침대나 소파와 한 몸처럼 지내도 별말을 하지 않았다. 하지만 오늘은 캡틴과의 첫 여행이라 뚱한 마음이 쉽게 사라지지 않았다. 입술을 삐죽이며 옆에 앉아 있는 캡틴을 봤다.

캡틴은 빠르게 지나가는 창밖 풍경에서 눈을 떼지 못하고 있었다.

"캡틴, 지금 바다로 갈 거야. 바다는 저 하늘보다 파랗고, 넓어. 그리고 무지 짜."

"멍!"

캡틴이 더 말해 달라는 듯, 똘망똘망한 눈으로 나를 쳐다봤다. 캡틴의 모든 처음을 함께한다 생각하니 묘하면서도 설렜다. 기억을 그대로 복제하는 기능이 있었다면 좋았겠지만, 아직 그러지는 못한다고 했다. 괜찮다. 지금부터 이렇게 하나씩 쌓아 가면 되니까.

'앞으로 여기저기 여행 많이 다니자고 해야지.'

나는 캡틴을 보며 다짐했다.

자동차는 쭉 뻗은 고속도로를 시원하게 달렸다. 캡틴에게

이것저것 이야기를 해 주다 나도 모르게 까무룩 잠이 들고
말았다.

한참 만에 잠에서 깨 기지개를 켰다.

"아직 멀었어요? 언제 도착해요?"

"응. 이제 이 산길만 내려가면 금방이야."

어느 틈에 자율 주행 모드를 끄고 직접 운전하던 아빠가 대
답했다. 자동차는 구불구불한 산길을 천천히 달리고 있었다.
하늘은 어느새 빨갛게 물들었고, 산그늘이 진 도로는 어둑어
둑했다.

"캡틴, 나 자는 동안 심심했지?"

쓱쓱, 캡틴의 등을 쓰다듬었다. 캡틴은 꼬리를 흔들면서도
쳐다보던 창문에서 고개를 돌리지는 않았다.

"뭐 신기한 거라도 있어?"

나도 캡틴을 따라서 창밖을 봤다. 어둑한 산에는 나무와
풀만 무성했다.

"어?"

그때 눈에 익숙한 푸른빛이 반짝였다. 고개를 돌려 지나온
길을 살폈지만 빛은 금방 사라졌다.

"아들, 너도 봤니?"

내 짧은 한마디에 아빠가 바로 반응했다.

"왜요? 뭔데?"

엄마가 아빠와 나를 번갈아 쳐다봤다.

"엄마, 저기, 저기. 저기 또 있어요!"

내가 손가락으로 자동차 창문 너머를 가리켰다.

"어? 파란 A. 왜 이런 데 있지?"

엄마가 눈을 가늘게 뜨며 어둠을 뚫어져라 쳐다봤다.

차는 순식간에 A 글자 옆을 지나쳤다. 산을 다 내
려가는 동안에도 A 글자는 계속 보였다. 세어

본 것만 해도 다섯 개나 됐다.

김 박사님 구조 영상을 보며 설마 했는데. 휴양지가 아닌 이런 산속에도 AI 동물이 있다는 것이 충격이었다. 막상 이런 일이 눈앞에 닥치자 어찌해야 할지 막막했다. 고민하다 작게 말했다.

"토이 월드에 신고해야 하는 거 아닐까요?"

"그래야 할 것 같다."

엄마가 바로 토이 월드에 연락했다. 당장 출동은 어렵고, 접수는 가능하다고 했다. 위치와 상황을 설명했다. 그 뒤 나와 엄마는 AI 동물에 대해 이런저런 이야기를 나눴지만, 아빠는 아무 말도 하지 않았다.

나는 펜션에 도착하자마자 펜션 사장님께 산속에서 본 AI 동물에 대해 알렸다.

"아, 휴가철 끝나면 늘 그런단다. 조만간 토이 월드에서 수거해서 폐기할 거야. 금방 깨끗해질 테니 신경 쓰지 말렴."

사장님의 쿨한 대답에 나와 엄마는 얼음이 됐다.

"네? 늘 그런다고요? 저렇게나 많이요?"

다시 물어봤지만, 사장님은 별거 아니라는 듯 손을 휘젓고는가 버렸다.

"고장 나거나 싫증 나서 버렸을 거다."

내내 말이 없던 아빠가 가라앉은 목소리로 말했다.

"고장 나면 고치면 되잖아요. 그리고 싫증 난다고 버려요? 그것도 이런 산속에? AI 동물 관리소도 있잖아요."

내 목소리가 저절로 커졌다.

"고장 난 AI 동물을 고치거나 관리소에 맡기려면 비용도 들고 번거로우니까. 버리고 새것을 사는 게 편하다고 생각하는 거지. 버리면서 '기다려' 한마디면, 언제까지고 그 자리에 있을 테고. 아마 주인에 대한 정보와 블랙박스 내용도 전부 삭제했을 거다."

아빠는 분명 우리나라 말을 하고 있는데, 나는 전혀 이해가 가지 않았다.

"토이 월드가 주인을 찾아 주면 되잖아요. 바로 폐기할 게 아니라."

내 목소리가 아까보다도 더 커졌다.

"삭제한 걸 복구하면 되지만, 주인을 찾아 준다고 과연 고마워할까? 토이 월드도 중고품을 늘리는 것보다 신제품을

파는 게 더 수입이 좋을 거고."

"그럼 우리라도 구조하면 안 될까요?"

나는 엄마를 보며 조심스럽게 말했다.

"엄마도 맘 아파. 하지만 그 많은 AI 동물을 우리가 어떻게 구할 수 있겠니?"

엄마가 한숨을 쉬며 펜션 안으로 들어갔다. 아빠와 눈이 마주쳤지만, 고개를 저을 뿐이었다.

나는 움직일 수 없었다. 옆에 있던 캡틴이 내 다리에 머리를 비비며 낑낑거렸다. 마주 바라보는 캡틴의 눈에 내 얼굴이 고스란히 비쳤다.

"캡틴, 난 네가 우리 가족이라고 생각하는데. 다른 사람들은 아닌 걸까? 어떻게 가족을 버릴 수 있지?"

나도 김 박사님처럼 멋지게 AI 동물을 구조할 수 있을 거라고 생각했다. 하지만 현실에서 내가 할 수 있는 일은 아무것도 없었다.

버려진 AI

다음 날, 나는 파도 소리에 일찍 잠에서 깼다. 캡틴이 어떻게 알았는지 내 얼굴을 핥았다.

"캡틴, 잘 잤어?"

아직 눈도 잘 떠지지 않았지만 미소가 절로 지어졌다. 캡틴은 내가 잠자는 동안 내내 곁을 지켰다. 엄마는 그 모습이 '왕자님을 지키는 기사님' 같다고 놀렸다. 하지만 나는 기분 나쁘지 않았다. 캡틴이 있어서 든든한 것은 사실이니까.

기지개를 켜며 거실로 나왔다. 엄마는 벌써 주방에서 아침을 준비하고 있었다.

"안녕히 주무셨어요?"

"어? 일찍 일어났네."

"치, 저는 뭐 맨날 늦잠만 자나요. 캡틴이랑 요 앞에 나갔
다 와도 되죠?"

밤사이 바닷물이 빠졌는지, 창문 너머로 드넓은 모래사장
이 펼쳐져 있었다. 어제의 어두웠던 기분을 잊게 할 만큼 멋
진 풍경이었다. 캡틴을 위해서라도 기운 내기로 했다. 첫 여
행을 내 기분 때문에 망칠 수 없었다.

"그래. 금방 아침 되니까, 너무 멀리 가지는 말고."

"네!"

나는 캡틴과 함께 밖으로 나왔다. 모래사장 바로 앞에 멈
춰 서서 신발을 벗었다. 덩달아 멈춘 캡틴이 나를 빤히 쳐다
봤다.

"맨발로 뛰어야 제맛이지."

씩 웃으며 신발을 아무렇게나 휙 던졌다. 주먹을 불끈 쥐
고는 하늘을 향해 쭉 폈다.

"출발!"

"멍멍멍!"

캡틴은 처음 밟아 보는 모래 느낌에 주춤하더니, 이내 나보다도 더 신나게 뛰어다녔다. 멀리 가지 말라는 엄마의 말은 머릿속에서 멀찌감치 날아가 버렸다.

금세 파도치는 곳까지 갔다. 캡틴은 저를 향해 다가오는 파도에 놀라 후다닥 도망갔다가 다시 다가가기를 반복했다.

"킥킥, 캡틴 그건 파도야. 너한테는 안 좋으니 가까이는 가지 마."

캡틴에게 방수 기능이 있지만, 소금기가 있는 바닷물은 되도록 조심해야 했다. 이것 역시 설명서에서 본 거다.

"우리 저기 바위섬까지 경주하자. 준비, 땅!"

바위섬은 제법 큰 바위 여러 개로 되어 있었다. 따개비로 덮인 아랫부분은 갯벌이었다.

"멍멍, 멍!"

그런데 먼저 도착한 캡틴이 갑자기 바위섬을 보며 짖기 시작했다.

"캡틴, 왜 그래?"

한발 늦게 도착한 내가 숨을 몰아쉬며 살폈다.

온통 까맣게 보이는 바위섬 꼭대기에 하얀 털 뭉치 같은 것이 보였다. 자세히 보니 작은 AI 개가 웅크리고 있었다. 위험해 보였다. 당장이라도 올라가 구해 오고 싶었지만 문제는 따개비였다. 맨발로 온 탓에 날카로운 따개비로 덮인 바위섬 위로 올라갈 수가 없었다. 나는 있는 힘껏 팔을 뻗었다.

"멍멍아, 이리 와. 나랑 가자. 여기 있으면 안 돼!"

내가 불렀지만, 멍멍이는 꼼짝도 하지 않았다. 멍멍이와 실랑이하는 사이, 바닷물이 차오르기 시작했다. 썰물로 빠졌던 바닷물이 들어오기 시작한 것 같았다.

"야! 어서 이리 오라고!"

"멍멍! 멍멍!"

바닷물이 들어오는 바람에 조금씩 뒷걸음질하던 캡틴이

미친 듯이 짖어 댔다. 돌아보자 캡틴의 앞발이 바닷물에 조금 젖어 있었다.

"캡틴, 안 돼! 어서 나가!"

내가 소리쳤지만, 캡틴은 나를 지키기 위해 금방이라도 바다로 뛰어들 기세였다.

나는 멍멍이와 캡틴을 번갈아 보다 몸을 돌려 캡틴 쪽으로 뛰었다.

"들어오면 어떡해! 너한테 바닷물 안 좋다고 했잖아."

바위섬에서 조금 떨어진 모래사장 위에 털썩 주저앉아 캡틴의 발부터 살폈다. 옷으로 발을 문질러 닦아 줬다. 그사이에도 바닷물은 계속 들어오고 있었다.

"아빠한테 가서 도와달라고 하자."

나는 전속력으로 펜션을 향해 뛰었다. 문을 열자 아빠가 느긋하게 하품하고 있었다.

"헉, 헉헉, 아빠, 아빠!"

"무슨 일인데 아침부터 이렇게 급해?"

"헉헉, 빨리 이리 와 보세요. 저기 바다에 헉, 바위섬에 멍멍이가 헉, 갇혀 있어요."

바위섬에서 펜션까지 한달음에 뛰어와 숨이 찼다.

"뭐? 멍멍이? 강아지 말하는 거냐?"

놀란 아빠가 벌떡 일어나 나를 따라 바다로 뛰었다.

어느새 바닷물이 제법 들어와 있었다. 깊어진 바닷물에 바위섬은 어느덧 절반 이상 잠겨 있었고 멍멍이는 금방이라도 파도에 휩쓸릴 것처럼 위태로워 보였다.

"아까는 무릎까지밖에 안 왔었는데 어느새……. 아빠, 어쩌죠?"

"위험해서 절대로 안 돼. 하다 하다 이제는 저런 데까지 버리고 가다니. 어휴."

멍멍이가 AI 개라는 걸 알아본 아빠가 한숨부터 쉬었다.

"안타깝지만 밀물 때라 우리가 구하기는 어려울 것 같다. 다시 물이 빠지려면 한참 있어야 하거든. 일단 토이 월드에 신고해 두자."

아빠가 내 어깨를 토닥였다. 두 다리에서 힘이 빠져나갔다. 조금 좋아졌던 기분이 완전히 가라앉았다.

우리는 계획보다 일찍 집으로 출발했다. 아침의 사건 후 아무것도 하고 싶지 않았기 때문이다.

돌아오는 길.

환한 낮이라 A 글자는 보이지 않았지만, 여전히 그 자리에
서 주인을 기다리고 있을 AI 동물이 생각나 가슴이 답답했다.

산길을 다 내려오도록 차 안은 조용했다.

사라진 쪽이

"엄마, 우리가 데려오면 안 돼요?"

"안 돼."

여행을 다녀온 후, 나는 엄마에게 몇 번이고 반복해서 똑같은 말을 하는 중이다. 돌아오는 대답 역시 언제나 똑같았다. 말도 안 되는 고집인 줄 알면서도 가만있을 수 없었다.

"토이 월드에서 데려가면 폐기된다잖아요. 일단 우리가 데려와요."

"데려오면? AI 동물 농장이라도 차릴 거야? 안 되는 건 안 되는 거야."

엄마가 단호하게 말하고는 소파에서 일어나 방으로 들어가 버렸다.

"캡틴, 어쩌지? 무슨 좋은 방법 없을까?"

뾰족한 생각이 떠오르지 않아 마음이 답답했다. 캡틴도 귀를 축 늘어뜨린 채 거실 바닥에 엎드려 있었다.

"안 되겠다. 김 박사님한테 연락해 보자."

후다닥 방으로 뛰어 들어갔다. 캡틴도 따라 들어왔다. 침대에 걸터앉아 스마트워치에 대고 말했다.

"토이 월드 김현 박사님 연결해 줘."

기다리는 몇 초가 마치 몇 시간처럼 느껴졌다. 초조해서 아랫입술을 잘근잘근 씹었다. 캡틴이 침대 위로 훌쩍 올라와 내 입가를 핥았다.

"캡틴, 지금 중요한 일 중이야. 잠깐 기다려."

나는 캡틴을 막으며 다시 스마트워치에 집중했다. 캡틴도 얌전히 내 옆에 앉았다.

"여보세요."

드디어 기다리고 기다리던 김 박사님의 얼굴이 화면에 나타났다. 김 박사님 뒤로 큰 나무와 트렁크가 열린 자동차도 보였다.

"아, 안녕하세요. 김 박사님. 혹시, 저 기억나세요?"

나는 스마트워치에 대고 쭈뼛거리며 인사했다.

"그럼, 기억하지. 캡틴도 잘 있지?"

김 박사님이 잊지 않고 알아봐 주자 망설이던 마음에 용기가 생겼다. 그동안 연락이 되지 않아 서운했던 마음도 눈 녹듯 사라졌다.

"박사님이 버려진 AI 동물을 구하시는 걸 너튜브에서 봤어요."

"그래? 뭐 대단한 일도 아닌데. 사람들이 자꾸 찍어서 올리는구나."

김 박사님이 멋쩍게 웃으며 목덜미를 손으로 쓸었다.

"박사님, 우리 동네는 아니지만 AI 동물이 많이 버려진 곳이 있어요. 구해 주시면 안 될까요? 그대로 두면 토이 월드에서 폐기한대요."

나는 급한 마음에 여행에서 있었던 일을 쉬지도 않고 설명했다.

"음, 언제 수거할지 모르니 당장 출발해야겠구나."

"박사님, 저도 같이 가요! 제가 안내할게요."

당장 출발한다는 김 박사님의 말에 내가 급하게 외쳤다.

"아니야, 위험할 수도 있고. 멀어서 안 돼. 집에서 기다리렴. 다녀와서 연락하마."

"그럼 집 주소라도 알려 주세요. 그건 괜찮죠?"

내 말에 김 박사님이 머뭇거렸다. 지난번처럼 연결이 되지 않아 혼자만 끙끙거리며 있고 싶지 않았다. 미리 연락드리고 가겠다며 몇 번을 조르고 졸랐다.

"그럼 꼭 연락하고 오기다."

김 박사님이 마지못한 표정으로 집 주소를 알려 줬다.

스마트워치가 종료되기 직전, 김 박사님이 자동차 트렁크에서 동물 이동장을 옮기는 모습이 보였다. 안에 어딘가 낯익은 AI 개가 웅크리고 있었다.

"지금도 구조하고 오셨나 보다. 그런데 저 흰색 AI 개 루이하고 비슷한데? 하긴 비슷한 AI 개가 한두 마리도 아니고. 아무튼 힘드시겠다. 우리가 가서 도와드리면 좋을 텐데."

그제야 화면 속 김 박사님 얼굴이 피곤해 보이고 머리도

헝클어져 있던 게 생각났다. 마음이 조금 불편해졌다.

　그때 스마트워치 벨 소리가 울렸다.

"기욱이가 무슨 일이지? 연결해 줘."

곧장 눈물범벅의 기욱이 얼굴이 나타났다.

"우리 루이가 없어졌어. 찾을 수가 없대!"

기욱이가 앞뒤 설명 없이 다짜고짜 소리쳤다.

"뭐? 어쩌다?"

"흑흑, 디저트 가게 들어가느라고 잠깐 밖에서 기다리라고 했는데, 나와 보니 루이가 없는 거야. 우리 루이는 내가 기다리라고 하면 절대로 움직이지 않거든. 근데 없어진 거야. 토이 월드에 실종 신고까지 했는데 위치 추적기가 꺼져 있어서 찾을 수가 없대. 우리 루이 어떡해. 으앙!"

화면이 마구 흔들리며 기욱이의 울음소리가 메아리쳤다.

'혹시 아까 화면 속 AI 개가 진짜 루이?'

좀 전에 통화할 때 봤던 장면이 번득 떠올랐다.

"김 박사님께 연락해 볼게. 혹시나 구조하셨을지도 모르잖아."

"맞다. 김 박사님, 연락처 알고 있다고 했지? 지금 바로 해 줘, 부탁이야!"

기욱이가 거의 소리치듯 말했다.

나는 김 박사님에게 곧장 연락했다. 하지만 연결이 되지 않았다. 몇 번을 해 봐도 마찬가지였다.

스마트워치가 다시 울렸다. 기욱이였다.

"통화했어?"

"아니. 연결이 안 되네. 다시 해 볼게."

기욱이는 한 줄기 희망이 사라지자 다시 펑펑 울기 시작했다. 달래 봤지만 소용없었다.

"내일 김 박사님 댁에 찾아가 보자."

"당장 가면 안 돼? 밤에 무슨 일 생기면 어떡해."

눈물을 그렁그렁 매단 기욱이의 목소리가 점점 작아졌다.

"구조 간다고 하셨어. 지금 가도 안 계실 거야."

"알겠어. 내일 일찍 가는 거야. 꼭이야. 흑흑."

내일 만나자고 약속하는 기욱이의 목소리가 모깃소리 같았다. 창밖을 보니 어느새 하늘이 어둑어둑했다.

AI 동물의
무덤

"우리 동네에 이런 곳도 있었네."

다음 날 아침, 나와 기욱이는 김 박사님 집으로 갔다.

김 박사님 집은 우리 집에서 그리 멀지 않았다. 도로를 몇 번 건너고 골목을 돌았을 뿐인데 신기하게도 딴 세상이 나타났다. 꼭 타임머신을 타고 과거로 돌아간 기분이었다. 산 아래 오래된 집들이 높은 담장에 꼭꼭 숨어 띄엄띄엄 있었다. 길에는 오고 가는 사람도 없었다.

그중에서도 길 끝에 혼자 뚝 떨어져 있는 것이 김 박사님 집이었다. 일 층짜리 집은 지붕만 겨우 보였고 그나마도 마당에 심긴 나무 때문에 일부분만 보였다. 초인종을 눌렀지만, 닫혀 있는 대문은 열리지 않았다. 스마트워치도 연결되지 않았다.

"박사님! 김 박사님! 안에 계세요?"

나와 기욱이가 대문을 두드렸다. 우리 목소리가 조용한 동네의 아침 공기를 흔들었다.

"바다로 구조 가셨다고 했지? 혹시 다치시거나 그런 건 아니겠지?"

기욱이가 옆에서 걱정스럽게 말했다.

"야, 무슨 말도 안 되는 소리야. 멀어서 아직 안 오신 걸 거야. 기다려 보자."

나도 걱정되기는 마찬가지였지만, 아닌 척하며 대문 앞에 쪼그리고 앉았다. 기욱이도 따라 앉았다. 캡틴이 안절부절못하고 대문을 발로 긁으며 낑낑거리기 시작했다. 감각 센서가 뛰어난 캡틴까지 이러니 불안한 마음이 눈덩이처럼 불어났다.

"한번 둘러보자. 개구멍이나 집 안이 보이는 곳이 있을지도 몰라."

내가 벌떡 일어나 성큼성큼 걸었다. 캡틴이 나를 보더니 앞장서 뛰었다.

"멍멍!"

저만치 앞에서 캡틴이 힘차게 짖었다. 다행히 담장 구석에 작은 뒷문이 있었다. 요즘에 보기 드문 옛날식 나무 문이었다. 문을 흔들어 봤다. 열리지는 않고 덜컹덜컹 요란한 소리만 났다.

"무슨 방법이 없을까."

내가 고민하는 사이 캡틴이 뒤로 저만치 물러났다가 문을 향해 전속력으로 뛰었다. 탁, 높이 점프한 캡틴은 하늘을 나는 것처럼 보였다. 담장보다 낮은 뒷문을 순식간에 뛰어넘었다.

잠시 후, 철컥 소리를 내며 문이 열렸다. 저절로 입이 벌어졌다.

"캡틴, 넌 역시 짱이야!"

나는 캡틴에게 양손으로 엄지를 들어 보이며 안으로 들어갔다.

"우리 들어가도 되는 걸까?"

기욱이가 어깨를 잔뜩 웅크리고는 뒤에서 우물쭈물했다.

"김 박사님한테 무슨 일이 생긴 건 아닌지 확인만 할 건데, 뭘. 김 박사님! 저 민호예요. 안에 계세요?"

내가 현관문에 바짝 다가서며 소리쳤다.

"그래. 김 박사님을 위해서니까. 이해해 주시겠지."

기욱이도 망설이던 것에 비해, 빠르게 창문에 붙어 안을 살폈다.

"박사님은 안 보여. 아직 안 오셨나 봐."

"그런 것 같네. 대답도 없으시고 조용해. 나가서 기다리자."

나도 현관문에 귀를 대 보며 고개를 끄덕였다. 들어왔던 뒷문으로 나가려는데 캡틴이 보이지 않았다.

"캡틴, 캡틴 어딨어?"

주변을 살피며 캡틴을 불렀다.

"멍멍! 멍멍!"

집 뒤쪽에서 다급한 소리가 들렸다. 나와 기욱이의 눈이 마주쳤다. 누가 먼저랄 것도 없이 신호를 받은 듯 동시에 뛰었다.

소리를 쫓아가니 풀이 무성하게 자란 뒷마당이 나왔다. 커다란 나무 그늘 아래 네모난 콘크리트 건물이 보였다. 캡틴은 건물의 문을 발로 긁으며 낑낑거리고 있었다.

"혼자 가면 어떡해?"

나는 뛰어가 캡틴을 안았다. 잠깐 사이였지만 보이지 않아 무슨 일이라도 생긴 줄 알았다. 뒤따라온 기욱이가 내 어깨를 툭툭 쳤다.

고개를 들자 기욱이가 손가락으로 어딘가를 가리키고 있었다.

"미, 민호야. 저, 저기."

"뭔데?"

기욱이가 가리킨 곳을 봤다. 정체를 알 수 없는 무언가가 건물 크기만큼이나 수북하게 쌓여 있었다. 언뜻 봤을 때는 뭔지 몰랐는데 자세히 보니 점점 익숙한 것들이 눈에 들어오기 시작했다.

마구잡이로 뒤엉킨 기계 부품들 사이로 눈동자가 빠진 머리통, 무엇인가의 다리, 무슨 색인지 알 수 없는 털 뭉치 같은 것들이.

나는 천천히 일어났다.

"이, 이게 뭐야."

등줄기를 타고 싸한 느낌이 퍼졌다. 나는 캡틴을 돌아봤다. 못 볼 걸 보여 준 것 같아 얼른 앞을 막아섰다. 서두른 발끝에 뭔가 툭 걸렸다. 하얗고 동그란 것이 구르다 멈췄다. 울컥 뱃속이 뒤틀리는 느낌이 들었다.

"여, 여기 김 박사님 집 확실해? 이, 있잖아. 여기 와서 AI 동물 한 마리도 못 보지 않았어? 서, 설마 우리 루이도?"

기욱이의 목소리가 덜덜 떨렸다.

"김 박사님이 이런 게 아닐 수도 있잖아."

나는 김 박사님이 그런 것이 아니라고 생각하기 위해 애썼다. 그래야만 했다. 하지만 나오는 말에는 힘이 하나도 들어가지 않았다.

캡틴이 다시 문을 긁기 시작했다. 아무래도 건물 안에 뭔가 있는 것 같았다.

"저기 창문이 있어!"

창문 아래 이동장이 쌓여 있었다. 낯익은 작은 이동장도 보였다.

'김 박사님 집은 확실한데.'

나는 조심조심 이동장을 밟고 위로 올라갔다. 열린 창문에는 방범 창살이 달려 있었다. 오래된 옛날 집이라 그런지 무척 낡고 녹슬어 있었다.

안을 들여다봤다. 집 안에는 마치 로봇 실험실처럼 컴퓨터와 기계, 공구들이 어수선하게 흩어져 있었다. 얼굴을 바짝 붙이고 손 그늘까지 만들어 봤지만, 깜깜해서 안쪽까지는 보이지 않았다.

나는 얼른 스마트워치의 플래시 기능을 켜고 어두운 안쪽을 비췄다. 가장 안쪽에는 쇠창살로 된 동물 우리가 층층이 쌓여 있었다.

"루이!"

기욱이가 갑자기 창살을 잡고 소리쳤다.

수상한
실험실

"저기 루이가 있어! 저 목걸이 내가 직접 해 준 거야. 루이,
여기 좀 봐. 나야, 나!"

기욱이가 더 크게 루이를 불렀다.

"찾아서 다행이다."

"다행이기는 한데, 우리 루이 좀 이상해. 불러도 쳐다보지
않아."

기욱이는 웃는 것도, 우는 것도 아닌 얼굴로 말했다.

나는 그제야 루이뿐만 아니라 우리 안에 있는 AI 동물들

모습이 이상하다는 것을 깨달았다. 하나같이 흐릿한 눈으로 웅크리고 앉아 바닥만 바라보고 있었다.

"들어가 보자."

"뭐? 민호야, 그냥 경찰에 신고하자."

"안 돼! 신고하면 저 안에 있는 AI 동물들은 전부 폐기될 거야. 일단 들어가서 루이부터 꺼내자."

나는 직접 눈으로 확인하기로 했다. 이곳이 어떤 곳인지, 김 박사님이 무얼 하고 있는지를 말이다. 기욱이도 폐기라는 말에 입을 꾹 다물었다.

이동장에서 내려와 다시 문으로 가 보니 커다란 잠금장치가 달려 있었다. 장치에 손바닥 그림이 보였다. 아마 주인의 손바닥과 일치해야 열리는 시스템인 듯했다.

"문으로는 못 들어갈 것 같아."

우리는 어쩔 수 없이 창문으로 되돌아갔다. 방범 창살을 잡고 흔들자 삐걱삐걱 소리가 났다. 우수수 먼지까지 떨어졌다. 문은 최첨단인데 창문은 구식이라니 어이가 없었다. 그래서 오히려 다행이지만.

"캡틴, 할 수 있겠어?"

나는 창살을 손으로 잡고 캡틴을 바라봤다. 장난기가 사라진 내 눈빛에 캡틴의 눈도 그 어느 때보다 진지해졌다. 캡틴이 창살 사이로 천천히 주둥이를 밀어 넣기 시작했다.

끼기기긱, 소리가 나면서 창살이 구부러졌다. 캡틴이 완전히 건물 안으로 들어가는 데 성공하자 창살에 구멍이 생겼다. 덩치 큰 기욱이는 들어가지 못하고 나 혼자 들어갔다.

벽을 더듬어 버튼을 하나 찾았다. 버튼을 꾹 누르자 전등불이 들어왔다. 밝은 불빛 아래 드러난 광경에 나는 그대로 얼어 버렸다.

무슨 용도인지 알 수 없는 별의별 기계와 공구들이 널려 있었고, 바닥에는 동물의 털과 부품들이 너저분하게 흩어져 있었다.

한가운데 놓인 커다란 수술대 위에는 무엇인가가 누워 있었다. 형태가 잘 보이지는 않았지만 보고 싶다는 생각은 전

혀 들지 않았다. 모든 것이 분명해졌다. 여긴 절대 보호소가
아니다.

동물 우리는 수술대 건너편 안쪽에 있었다. 먼저 들어간
캡틴이 한 우리 앞에서 낑낑거리고 있었다.

"루이 찾았어? 으악, 이게 뭐야!"

나는 캡틴 쪽으로 뛰어가다 수술대 앞에서 비명을 지르며
털썩 주저앉았다.

"왕민호, 무슨 일이야? 왜 그래?"

기욱이가 밖에서 소리쳤다.

애써 외면하던 수술대 위에는 뭐라고 불러야 할지 알 수
없는 AI 동물이 눈을 뜬 채로 누워 있었다. 커다란 개의 몸
통에 작은 강아지 머리, 등에는 화려한 깃털 날개가 달려 있
었다. 그것의 온몸은 전선에 다닥다닥 연결돼 있었다. 찐득
한 자국들이 바닥과 수술대 여기저기에 눌어붙어 있었다.

"왜 그래? 말 좀 해 봐. 민호야!"

안쪽이 보이지 않는 기욱이는 거의 울먹이고 있었다.

나는 바닥을 짚고 겨우 일어나 천천히 주먹을 쥐었다. 김
박사님은 AI 동물에게 아주 위험한 사람이라는 것이 확실해

졌다. 화가 나서 두 주먹이 부들부들 떨렸다.

"난 괜찮아. 좀 놀란 것뿐이야."

동물 우리로 가서 루이부터 꺼냈다. 멍한 표정을 빼고는 내가 알던 모습과 똑같았다. 창문 밖에서 기다리고 있는 기욱이에게 조심스럽게 넘겨줬다.

"루이야, 내가 얼마나 찾았다고. 흑흑. 무사해서 다행이야."

기욱이의 손등 위로 눈물이 뚝뚝 떨어졌다.

"캡틴, 하나도 빠짐없이 다 찍어. AI 동물들 풀어 주고 나면 바로 신고해야 하니까."

나는 캡틴에게 말하며 다시 우리로 갔다.

"여기서 빨리 나가자. 그 악마가 언제 올지 모르잖아."

기욱이가 발을 동동 굴렀다. 어느덧 김 박사님은 수호천사에서 악마가 되어 있었다.

"아까도 말했잖아. 애들 잡히면 전부 폐기될 거라고. 여기서 도망치게 해야 해."

나는 잠금장치를 풀고 조심스럽게 AI 동물들을 꺼냈다. 꺼낼 때마다 숨이 턱턱 막혔다. 토끼 귀가 달린 뱀, 눈이 세 개

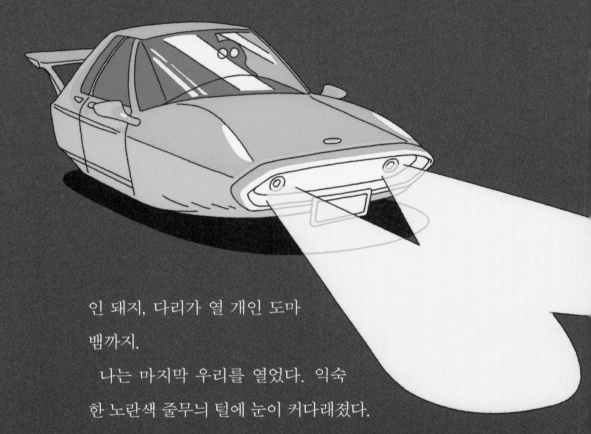

인 돼지, 다리가 열 개인 도마
뱀까지.

나는 마지막 우리를 열었다. 익숙
한 노란색 줄무늬 털에 눈이 커다래졌다.

"너는 야옹이?"

웅크리고 있던 야옹이가 고개를 들었다. 첫 산책 날 만났
던 돼지 코 야옹이가 맞았다.

"야옹."

야옹이의 울음소리가 그때보다도 더 힘이 없었다.

"희귀 동물이 아니라 끔찍한 실험을 당한 거였어."

그때 아빠에게 말할 걸 하는 후회가 들었다. 그랬다면 지

금처럼 끔찍하게 변한 AI 동물이 하나라도 줄었을 텐데.

"창문으로 AI 동물을 넘길 테니까 받아 줘."

기욱이가 고개를 끄덕이고는 눈물을 닦았다. 루이를 바닥
에 조심스럽게 내려놓고 손을 뻗었다.

나는 AI 동물을 차례차례 밖으로 내보냈다. 마지막으로 야
옹이를 넘길 때였다. 담장 너머로 자동차 한 대가 다가오는
것이 보였다.

"김 박사님 왔나 봐. 빨리빨리!"

기욱이가 차고 문을 바라보며 숨죽여 말했다.

"알았어."

내가 캡틴을 마지막으로 내보내고 막 창문을 넘으려고 할 때였다. 차고 문이 철컹 소리를 내며 천천히 열리기 시작했다.

"이러다 들키겠어. 먼저 가! 나가서 우리 아빠한테 연락 좀 해줘!"

"진짜 어떡해. 왕민호, 조심해! 얘들아, 따라와."

기욱이가 뒷문을 향해 전속력으로 뛰었다. AI 동물들이 그 뒤를 따랐다. 그런데 밖에 있던 캡틴이 창문을 넘어 다시 건물 안으로 돌아왔다.

"캡틴, 다시 돌아오면 어떡해……."

"낑."

캡틴을 와락 끌어안았다. 캡틴이 제 얼굴을 내게 비볐다. 나를 혼자 두고 가지 않겠다는 듯. 무슨 일이 생길지 겁이 났었는데, 다시 돌아온 캡틴이 고마우면서도 미안했다. 나도 모르게 코끝이 시큰해졌다.

김 박사님의 엇나간 마음

　나는 서둘러 캡틴과 함께 수술대 뒤로 숨었다. 최대한 조용히 숨어 있다가 기회를 봐서 몰래 빠져나갈 생각이었다. 그사이 자동차가 뒷마당에 완전히 들어왔는지, 차 문이 열리고 닫히는 소리가 들렸다.

　잠시 후, 잠금장치가 풀리며 김 박사님이 들어왔다.

　"어? 내가 불을 안 끄고 나갔었나? 요즘 너무 피곤해서 그런가, 정신이 하나도 없네."

　김 박사님이 가져온 자동 운반차에는, AI 동물이 들어 있는 이동장이 쌓여 있었다. 바위섬에서 봤던 흰 강아지도 보였다.

김 박사님이 수술대 옆을 지나며 콧노래를 흥얼거렸다.

나는 들킬까 봐 조마조마하면서도, 잡혀 온 AI 동물들을 보자 다시 화가 끓어올랐다.

"어? 뭐야, 왜 전부 비어 있어? 설마 또 탈출한 건가? 지난 번 그 고양이 잡아 오느라 얼마나 고생했는데. 아휴, 쉴 틈을 안 주네."

김 박사님이 자신의 머리를 마구 흩트리며 방금 가져온 이동장 하나를 책상에 거칠게 내려놨다. 안에 들어 있던 AI 새가 푸드덕거렸다.

"이 애들도 도망갈지 모르니 AI 회로부터 손봐야겠어."

김 박사님이 AI 새를 꺼냈다.

나는 좀 전에 구조했던 AI 동물들의 텅 빈 눈이 떠올랐다. 초점 없이 모든 것을 포기한 듯한 눈이……. 더 이상 참지 못하고 수술대 뒤에서 뛰쳐나와 소리쳤다.

"무슨 짓이에요!"

"민호? 네가 왜 거기서 나오니?"

김 박사님은 깜짝 놀라 AI 새를 놓치고 말았다. AI 새가 포르르 날아 창틀에 앉았다. 김 박사님이 그제야 발견한 듯 휘어진 방범 창살을 보고는 난감한 표정을 지었다.

"네, 제가 그랬어요. AI 동물 박사님이라는 분이 어떻게 이럴 수가 있어요? 도대체 AI 동물들에게 무슨 짓을 한 거예요?"

나는 벌벌 떨면서도 하고 싶은 말을 했다.

"무슨 짓이라니. 네가 무슨 오해를 한 것 같구나."

"오해요? 저걸 보고도 오해라고 할 수 있을까요?"

내가 수술대 위를 가리켰다.

"주인에게 버림받은 불쌍한 AI 동물들을 새롭게 탄생시키는 과정이란다. 다시 버림받지 않도록 말이야."

김 박사님은 수술대를 바라보며 나에게 다가왔다. 캡틴이 이를 드러내며 으르렁거렸다.

"지난번에도 그렇고 사람에게 그러면 안 되지. 프로그램에 문제가 있는 모양이구나. 내가 손봐 줄 테니. 걱정하지 말렴."

"우리 캡틴은 고장 안 났거든요. 가까이 오지 마세요."

나는 캡틴 앞을 막아섰다.

"캡틴을 나한테 맡기도록 해. 세상에 하나밖에 없는 모습으로 바꿔 줄게."

"우리 캡틴은 물건이 아니에요. 내 친구고, 가족이라고요."

"그래, 처음에는 다들 그렇게 말하지. 가족이라고. 그런데 문제가 생기거나 시간이 지나면 말을 바꾸더라."

"난 절대로 말 안 바꿔요."

"아니, 너도 그렇게 될 거야. 그래서 내가 미리 고쳐 주려는 거고. 버려지는 AI 동물을 볼 때마다 정말 마음이 아프거든."

김 박사님은 가슴에 손을 올리며 슬픈 표정을 지었다.

"마음 아픈 분이 이런 짓을 해요?"

"내가 얼마나 고민한 줄 아니? 어떻게 하면 새로운 가족을 찾아 줄까, 어떻게 하면 버림받지 않을까 하고 말이야. 그러다 모습을 조금 바꿨을 뿐인데, 사람들이 좋아하며 데려가더구나. 어떤 사람은 돈을 줄 테니, 자기 AI 동물도 특별한 모습으로 바꿔 달라며 찾아오기까지 했지. 그때 깨달았단다. 버림받은 AI 동물을 위하는 방법이 무엇인지."

"저건 불쌍한 괴물일 뿐이에요."

나는 수술대 위를 가리켰다. 점점 김 박사님의 말을 듣고 있기가 힘들었다.

"뭐? 괴물? 말을 함부로 하는구나."

실험실을 들키고도 내내 부드럽던 김 박사님의 표정이 딱딱하게 굳었다.

"저 밖에 쌓인 걸 봐. 저렇게 되느니, 모습을 조금 바꾸더라도 가족을 만나는 게 훨씬 낫지 않을까?"

김 박사님이 문밖을 가리켰다.

아픈 상처를 건드리는 것처럼 가슴이 아팠다. 틀린 말이 아니라서 더욱더. 하지만 그게 사실이라 해도 이건 아니다. 정말 아니다.

"그렇다고 멀쩡한 AI 동물을 아무렇게나 자르고 붙여요? AI 동물이 불쌍하지도 않아요?"

"희생은 어쩔 수 없는 거야."

김 박사님이 허리춤에서 전기 총을 꺼내더니, 천천히 캡틴을 겨냥했다.

"여기서 계속 연구하기는 틀린 것 같구나. 캡틴은 내가 연구용으로 데려가마."

김 박사님이 연달아 전기 총을 발사했다. 순식간에 일어난 일이었다.

"캡틴, 도망쳐!"

나는 김 박사님에게 달려들어 허리를 끌어안았다.

캡틴은 첫 번째 원칙 때문인지, 김 박사님을 공격하지 못하고 피하기만 했다.

김 박사님이 내 팔뚝을 잡아떼려 했다. 팔이 으스러질 것처럼 아팠지만, 놓치지 않으려고 더 힘을 줬다.

"이러면 너만 다친다. 너도 언젠가는 날 이해하는 날이 올 거다."

그 순간, 날 떼어 내던 김 박사님의 동작이 멈추는가 싶더니 이내 반대로 날 붙잡고 동물 우리 쪽으로 강하게 끌어당기기 시작했다.

"아악, 싫어! 이거 놔요!"

나는 소리를 지르며 발버둥 쳤다. 캡틴이 끌려가는 내 옷을 물고 늘어졌다.

"으윽, 힘은 세 가지고. 흠, 오히려 잘됐다."

　김 박사님은 음흉한 미소를 짓더니 도망가지 않는 캡틴을 향
해 전기 총을 발사했다.
　빠지지직!
　소름 돋는 소리가 났다. 캡틴의 몸이 경련하듯 부르르 떨
렸다. 멈춰 버린 세상에서 캡틴만 혼자 움직이는 것 같았다.
캡틴이 천천히, 아주 천천히 바닥으로 쓰러졌다.

“안 돼!”

나는 김 박사님을 있는 힘껏 뿌리치고 캡틴을 끌어안았다.

소리쳐 불렀지만 캡틴은 꼼짝하지 않았다.

“이제 다 끝났다. 그만 포기하렴. 정말 널 다치게 하고 싶
지 않아서 하는 말이야.”

김 박사님이 내 어깨를 잡았다.

"우리 캡틴한테 손가락 하나 대기만 해 봐요!"

나는 아랑곳하지 않고 캡틴을 더 세게 끌어안았다.

"이렇게까지 하고 싶지는 않았는데."

김 박사님은 뭔가 결심이라도 한 듯, 두 손으로 내 뒷덜미를 잡으려고 손을 뻗었다.

"캬아악!"

그때 노란 줄무늬 야옹이가 나타나 김 박사님의 손을 할퀴었다.

"으악!"

김 박사님이 손을 부여잡고 뒤로 벌렁 넘어졌다. 조금 전 탈출시킨 AI 동물들이 무리를 지어 나타나 김 박사님 앞을 막아섰다. 눈물이 핑 돌았다.

"너희들……. 다시 오면 어떡해."

"당장 이리 오지 못해? 너희들 주인은 바로 나라고!"

김 박사님의 얼굴이 벌게졌다. 고래고래 소리쳤지만, AI 동물들은 꿈짝도 하지 않았다.

"너희들 아무래도 싹 다 다시 고쳐야겠다."

김 박사님이 전기 총을 발사했다.

나는 쓰러진 캡틴이 또 전기 총에 맞을까 봐 온몸으로 덮듯이 끌어안았다.

김 박사님이 전기 총을 마구잡이로 쏘아 댔지만, 나와 캡틴에게는 닿지 못했다. AI 동물들이 요리조리 피하면서도 우리를 보호해 주는 기분이었다.

멀리서 경찰차 사이렌 소리가 들렸다.

"헉, 이런!"

김 박사님은 실험실을 빠져나가 차고를 향해 뛰었다.

"얘들아, 도망가게 두면 안 돼!"

내가 소리치자 그동안 방어 위주로 움직였던 AI 동물들이 일제히 김 박사님을 향해 달려들었다.

김 박사님은 그 자리에 멈출 수밖에 없었다. 한 걸음 떼기도 힘들어 보였다. 작은 AI 동물은 다리에 달라붙었고, 덩치가 조금 큰 AI 동물은 앞을 막아섰다.

"저리 가, 저리 가란 말이야!"

김 박사님은 방해하는 AI 동물들을 거침없이 손으로 잡아 뜯고, 발로 걷어찼다.

AI 동물들이 바닥으로 곤두박질칠 때마다, 억지로 붙여 놓

은 부품들이 떨어져 나갔다. 사방으로 부품이 튀어 올랐지만, AI 동물들은 아랑곳하지 않았다. 다시 일어나 김 박사님이 도망가지 못하도록 막았다.

김 박사님은 결국 휘청이며 바닥으로 쓰러졌다. 바닥을 엉금엉금 기어서라도 도망치려 했지만, 운전석 근처에는 가지도 못했다.

도착한 경찰들이 발버둥 치는 김 박사님을 체포했다.

킹왕짱 합체!

엄마는 병원에서 나를 끌어안고는 한참 펑펑 울었다. 처음에는 무사해서 다행이라고 했다가, 나중에는 또 그런 짓 하면 혼날 줄 알라며 야단을 쳤다. 솔직히 나도 또 하라면 절대 못 할 것 같다.

"역시 집이 최고야."

나는 거실 소파에 벌러덩 누우며 두 팔을 쭉 폈다. 사흘 동안 병원에 있다가 지금 막 퇴원한 참이다. 여기저기 멍들고 긁히기는 했지만 다친 곳은 없었다. 혹시 모른다며 검사를 받자는 엄마의 고집 때문에 걸린 시간이었다.

"엄마, 캡틴은 언제 와요?"

"한 달은 더 있어야 한다더라. 외관은 부서지거나 고장 난 곳이 없는데, 전기 충격으로 AI 회로에 문제가 생겼대. 워낙 예민한 부분이라 시간이 걸린다더라고."

"한 달이 빨리 지나갔으면 좋겠다. 헤헤."

나는 기분 좋게 웃었다.

"오늘은 아빠도 일찍 오신다고 했어. 퇴원 기념으로 맛있는 거 해 줄게."

엄마가 앞치마를 두르며 주방으로 들어갔다.

"네. 기대할게요!"

큰 소리로 대답하며 스마트워치로 뉴스를 검색했다. 김 박사님과 관련된 뉴스 기사가 수십 개나 떴다. 그중 〈미친 과학자, 잔인한 실험. 그 끝은 어디까지?〉라는 제목의 기사를 터치했다.

AI 동물 연구원이던 김 모 씨는 새로운 동물을 만든다는 이유로 비윤리적인 실험을 하다 토이 월드에서 쫓겨난 후, 모처의 개인 실험실에서 버려진 AI 동물로 실험하다 붙잡혀

수사가 진행 중이라는 내용이었다. 기사와 함께 실험실 사진이 있었다.

김 박사님을 끝까지 막아 주던 AI 동물들의 모습이 차례차례 떠올랐다.

"이제 애들은 어떻게 되는 걸까."

다른 기사를 터치했다.

〈기계가 아닌 인간의 친구. AI 동물도 감정을 느낀다〉라는 기사에서는 AI 동물이 학습을 통해 고통과 슬픔, 기쁨과 행복 같은 감정을 느낄 수 있다는 연구 결과를 소개하고 있었다. 그동안 AI 동물에 대한 처우 개선을 외치던 사람들이 이번 김 박사님 사건을 계기로 더 큰 목소리를 내고 있다고도 했다.

"얼마나 무섭고 슬펐을까. 앞으로 AI 동물에게 좋은 일만 생겼으면 좋겠다."

기사를 닫고 손으로 눈을 꾹 눌렀다.

"아빠 왔다."

현관문이 열리며 아빠가 들어왔다.

"다녀오셨어요."

벌떡 일어나 반갑게 인사했다.

"당신 왔어요."

엄마가 주방에서 얼굴만 내밀고 인사했다.

"우리 왕자님, 퇴원 축하한다."

아빠가 나를 꼭 안아 줬다.

"어린애도 아닌데 왕자가 뭐예요. 창피하게."

나는 툴툴거리면서도 아빠의 품에 폭 안겼다. 이제 보호받는 왕자는 그만할 거다. 이제부터는 내가 캡틴을 지키는 기사가 될 것이기 때문이다.

아빠는 김 박사님 사건을 담당하면서 무척 바빠졌다. 며칠 만에 본 아빠는 무척 피곤해 보였다. 우리는 소파에 나란히 앉았다.

"사건은요?"

"응. 진행 중이야. 김 박사 컴퓨터에서 캡틴 영상이 발견됐어. 일전에 캡틴이 사람을 위협했다고 신고됐을 때 봤다는 그 증거 영상 말이야."

"네? 그럼 캡틴을 신고한 게 바로……."

"조사를 더 해 봐야 알겠지만, 김 박사일 확률이 높지."

"와, 진짜 못됐다. 캡틴이 위험하다고 하면 우리가 캡틴을 버릴 거라고 생각한 거야, 뭐야. 그날 참지 말았어야 했는데. 아주, 그냥 막, 확, 아오. 주먹이 운다, 울어!"

나는 벌떡 일어나 앞에 김 박사님이 있기라도 하는 양 주먹을 이리저리 휘둘렀다. 아빠의 웃음소리가 들렸다. 분이 풀릴 때까지 한참을 휘두르고는 힘이 빠져 다시 소파에 앉았다.

"그날 구조된 애들은요?"

"사건 증거물이라 일단 안전한 곳에서 보호하고 있어. 요즘 AI 동물 처우 개선 여론이 높아져서 폐기보다는 수리해서 원하는 가정에 보내는 쪽으로 의견이 모이고 있어."

"정말요? 진짜 잘됐다. 그런데 AI 동물의 첫 번째 원칙이요. 사람을 위험에 처하게 하면 안 된다는 원칙 말이에요. 그날 김 박사님을 공격한 AI 동물이 있었거든요."

나는 혹시라도 야옹이가 폐기될까 봐 꼭꼭 숨겨 뒀던 말을 조심스럽게 꺼냈다.

"그 부분도 조사 중이야. 전문가들 말로는 과도한 전기 충격과 블랙박스 해킹으로 AI 회로에 문제가 발생한 거 같다고 하더구나."

"알고 계셨어요?"

"그럼 모를 줄 알았어? 대한민국 경찰인데 모르는 게 어딨어. 조사하면 다 나와."

아빠가 웃으며 어깨를 으쓱으쓱했다. 나도 아빠를 따라 환하게 웃었다.

"그런데 아빠, 야옹이는 우리가 데려오면 안 될까요?"

"야옹이?"

"네. 김 박사님이 저를 잡으려고 할 때 막아 준 노란색 줄무늬 고양이요."

"음, 생각해 보자."

아빠가 긍정적으로 대답하자, 나는 벌떡 일어나 주방으로 뛰었다.

"엄마, 엄마!"

매서웠던 계절이 지나고 어느덧 따스한 봄바람이 불어오기 시작했다.

"얘들아, 이제 진짜 봄이 왔나 봐! 당장 나가 보자."

주말 아침, 나는 바람이 제법 따뜻해지자 방방 뛰며 소리 쳤다. 아빠는 오랜만에 침대와 한 몸이었고, 엄마는 튼튼한 목줄을 들고 왔다.

"안전하게 잘 다녀와."

"네. 애들아, 빨리빨리!"

"멍멍!"

"야옹!"

후다닥 뛰어오는 캡틴 뒤로 킹이 사뿐사뿐 우아한 걸음으로 모습을 드러냈다. 사건이 무사히 마무리된 뒤 야옹이는 돼지 코와 쥐꼬리가 없는, 원래의 모습으로 우리 집에 왔다. 나는 야옹이에게 킹이라는 새로운 이름을 지어 줬다. 라이언 킹 처럼 용감하다는 의미로 말이다.

내가 처음으로 '킹' 하고 불렀을 때, 또렷하게 맞춰 오던 눈 빛을 잊을 수가 없다. 이름을 부른 순간, 진짜 가족이 된 것 같았다.

나는 캡틴이 수리되는 동안, 민트향을 제거해 달라고 부탁 했다. 이제 캡틴은 캡틴만의 냄새가 난다. 포근하면서도 마 음이 편안해지는 냄새가.

"킹, 왕, 짱, 합체!"

구호에 맞춰 현관 앞에 짱 멋진 캡틴이 서고, 킹이 캡틴 등에 올라탔다. 마지막으로 나, 왕민호가 캡틴의 목줄을 잡았다.

오늘도 최고의 산책이 될 것 같은 기분이 들었다.